piggy的生活live秀

お金よ ごめんね

Orz 錢我對不起你

U0078898

圖+文/piggy

【錢】這檔子事兒！　　　導演／廣告人手記　小莊

　　初中之後北上，一個人讀書討生活，對【錢】這檔子事兒！大致上只能嚴守家裡的兩大誡律，就是【存】和【省著花】，一晃眼在社會上工作了幾年，身邊好不容易累積點積蓄，看著身邊朋友理財的風氣盛行，想跟著投資點什麼，卻往往因為不得其門而入，最後草草收場，我想，總歸就是因為缺乏數字頭腦吧，老婆認識我之後，發覺像我這樣一個在專業領域上吹毛求疵的人，面對【錢】的事，竟如同小學生一般生澀木訥，這才激發起學財經的老婆大人一股【改造理財白癡老公大作戰】的計畫，後來...沒有成功，我還是討厭跑銀行，看到數字就發暈，我謹守著努力賺錢存錢的金科玉律，至於理財與運用，則通通交給老婆大人處理，我想【錢】這檔子事兒！是人類社會化的學習過程裡，很複雜的一環，牽涉到未來的生活品質，與下一代的人生規劃，有時候我看著電視新聞裡的指數上上下下，想到有好多好多的人心情跟著起伏，我很努力的想跟這檔子事有一點關係，也是一點都使不上力，【錢】的事，說起來銅臭，生活中卻也百般滋味離不開錢，Piggy巧妙的以幽默的筆觸，描繪出年輕夫婦生活中的辛苦，圍繞著【錢】發生的事，是社會人最源初的功課。

小莊

自序

1. 純真年代

對錢沒有概念的我不知賺錢的辛苦,而媽媽對金錢的認真,卻是讓人難以招架。一直以為能夠自己支配金錢就是幸福,卻不太清楚錢能帶給我真正的幸福是什麼?

2. 進入貧窮 ing

不經一事不長一智,怎樣也沒想到這些事會成為我無知的枷鎖,買自己喜歡的車,浪漫的想住在海邊,聽起來並沒有不對啊!但事與願違讓我們與現實脫節,負債累累直逼貧窮…

3. 節約生活 ing

入不敷出是沉重的包袱，省錢作戰要
天天開始。如果再來一次，我能不能
有這樣的勇氣重新再開始。人家說當女兒的命是好在你不自
知，當太太的歹命是你當女兒時命太好…想想果真是如此啊！

4. 學習愛錢 ing

原來支配金錢是門大學問，我不能再跟錢說『不在乎』！想
想從前的失誤就是不懂理財，吃足苦頭才來找答案…開始注
意理財資訊、開始注意賺錢管道，希望一切不會太晚，有一
天也能是富爸爸、富媽媽。

PartI 純真年代

記得當時年紀小

不知道,錢去哪了..

我 從小就被家人認定是個不會理財的角色,即使我已經
結婚有了孩子,但是關於金錢這件事……大家還是對
我很不放心。

媽媽的衣服

在我家,媽媽是天生的超省天后。

可是同學都有
自己的牙刷

買什牙刷?
跟我一起用就好了!

(7歲的我)

絕不花錢的
超省天后

小時候，我常常耽心她因為想省而不想養我……

在媽媽的嚴密控管下,我幾乎沒有真正屬於自己的
東西,不管是衣服、玩具、書和筆通通都是接收
姊姊們不要的!

不過,這樣的日子也讓我學會對東西的珍惜,
到現在還是一樣喔~

而姊姊們也果然如媽媽所願的考進銀行上班。

銀行姊妹花

那後來到底是發生什麼事？會讓惜物如命的我，
在一夕間變成家人完全不信任的人物呢？

不知道，錢去哪了..

PartI 純真年代

花錢初體驗

就 在我 10 歲的那年，那是一個接近聖誕節的日子……

那時候，小朋友們都很流行送聖誕卡。

一起去卡片展買卡片. 好不好?

卡片展?

好啊!

放學後我先到你家找你 再一起搭公車

好棒乙 我會帶錢去～ (留下災難伏筆)

從來都沒有自由消費過的我，感到興奮極了！

回到家我馬上把我多年來的存款，
全部都給它倒了出來……

每天買完早餐
剩下的零用錢
(算算有三百多元耶!)

在出門前還受到媽媽的警告……
但心情極興奮的我根本不以為意。

嘜亂買啊~
安啦!

就在那時，同學已經來到家門口了，
而她入時的打扮，讓我十分驚訝！！

倆人看起來似乎有身分上的懸殊，
當時還真讓我不想出門呢！

純真年代

不過還好興奮沖淡了所有的疙瘩……

Orz 錢 我對不起你 17

就在這個時候，當我買的正起勁時，
同學突然說要回家了！

為了不掃興，我決定借她錢，
來延續買卡片的樂趣……

回到家還不知大難臨頭地看著電視。

姊姊無意中發現我失控的行為，引來媽媽的注意了。

經過家人的拷問後，他們發現了事情的嚴重性，不但發現我平常存錢的豬公已掏空⋯⋯帶出門的錢也都花光光。

更可怕的是還主動借錢給別人……應該說是供人花用，
被罰跪到深夜的我，一直聽到家人對我的責罵聲……

而那一晚我給家人帶來的風暴，到現在還忘不了。

所以,從此家人對我的金錢態度,都帶著
不信任的眼光一直到現在……

PartI 純真年代

超省天后

那 是一次意外……我在市場壓翻了一箱鹹鴨蛋，
鴨蛋破了不少，媽媽只好氣呼呼的買回家！

足夠吃上好一陣子的鹹鴨蛋，是我印象中
媽媽最阿沙力的一次交易。

媽媽其實是一個很會做生意的人。

她對金錢的態度是有很強烈的兩極化……

她的原則是「喜歡的東西一定要裝成不想買」。

她也深信，天底下沒有不能談的價碼。

在永遠覺得自己是吃虧的心態下，她為自己
的金錢流向，做出了銅牆鐵壁的武裝……

聚沙成塔

只進不出

$

滴水不漏

永不妥協

有一年的母親節，我想送給媽媽稍貴重的禮物，便託了
say 的親戚買了一只玉鐲子，原本不想說出價錢的我……

不要問啦
是我的心意！

多少錢？

你又沒多少薪水
能買多少錢～

亂說這很漂亮
要八仟元吧～

八仟元你瘋啦～

（馬上被套出來↑）

當場被媽媽怒斥，並揚言「上當了」，
要我馬上打電話要求對方降價！

媽媽的爭取有時顯得理直氣壯！

有時候……實在不可理喻！

她通常都是以非正常的行情，來打壓我們對金錢的態度。

←燙髮
2000元

一我們巷子裡．
都燙500元

←新衣

那個市場賣299‧拉

新鞋？我一雙就穿10年呀！

我是年輕人．可以愛漂亮嗎？

一叫你跟會不跟會
錢都亂花....

Orz 錢 我對不起你 33

不管任何事，只要和她的金錢觀有出入，
肯定是自討苦吃。

就這樣媽媽對金錢的強勢態度，一直烙在我心裡。

也許就是因為這樣的心態，讓我以為能自由自在地花錢，才是一種幸福。但其實這樣的幸福才是危機的開始啊⋯⋯

我的數學公式

有很多人說過，數學不好的人，對金錢的概念也不好，我一直都是那樣的人。小學五年級10題小考，居然考了零分！

然後是國中的模擬考，只考了9分……

工作時也常因為寫錯數字的問題引來關切~

我…

你這份請款單算錯了5次,有問題嗎?

← 資深會計主管

連奶粉跟水的比例我也搞錯過~

小心

果然是算錯

30cc－湯匙
180cc 泡
5湯匙就对了

到現在數學對我來說,還是大問題啊!

救命啊!

媽咪研究一下再告訴你!

Orz 錢 我對不起你

喜歡一定要擁有嗎？

生是由幾個階段形成的，如果沒有好好的
深思熟慮，所做的決定都會影響你的一生～

在結婚前的那一陣子，這件事把
我們提早推進了貧窮時代……

幾乎每次經過都會去看櫥窗內的那輛「奧斯汀mini」，

有一天……

不用了

不用

在業務員熱情的邀請下，我們毫無防備地接近了車子……

兩位進來看看吧！

沒關係啦……

不知道！

要去嗎？

請……請……

一切都是如此的真實，兩人在車子裡面東摸西摸。

一面對現實吧！

只是想看看的我們，原本是完全沒有打算要買的，可是……

想都沒想到,兩人居然迷迷糊糊地付了訂金,
而沒多久夢想已久的車子,真的是我們的了!

畢竟擁有一部自己喜歡的車是很高興的,我們
都有點忘記繳車貸的事了⋯⋯

而就在新車上路的 20 分鐘後,車子居然毫無
預警地熄火停在路上,從此噩夢就開始了!

Orz 錢 我對不起你 45

喜歡一定要擁有嗎？

在回廠修理後，並沒有獲得改善，
車子經常沒來由的熄火、冒煙！

會爆炸嗎？

才沒買幾天，狀況就一堆

而當時是消基會和爆料文化都還沒有成形的時期，就這
樣在和車商協調沒有回應後，我決定自力救濟討公道！

那台車,其實有很大的瑕疵
在幾次與你們溝通無回應後
我們決定採取法律行動…

小妹,你老實說你是
那家車商派來的!
(主管)

完全無視
於問題

我終於忍不住地對那些人大吼了起來!

Piaor

你們以為40萬很少嗎?
那對我們來說很重要.
可是我卻買到這部有
問題的車.

我要你們
退我錢!

我不知哪來的勇氣，決心奮戰到底！

買到有問題的商品，卻不能退換，為什麼我要接受
這樣的結果？但～我的抗爭終究還是沒有成功，唯
一爭取到的是「終身維修零件七折」的優惠……

但車子的貸款還是要繳，

piggy 的生活Live秀

而車子的狀況並沒有改善，幾乎每個月都要維修。

推！....

兩人身上的錢，幾乎都花在
這部嬌貴的mini上，最後
終於在不堪負荷的情況下，
決定賣掉它！

明天要訂婚了，不要出錯了.

太難照顧了

SEAL

我們真的養不起你了！

而這段期間我們所損失的金錢，已經造成了一個大缺口，
為了平衡開支，可以說是受盡苦難啊！所以「喜歡」想要
擁有前，真的得想一想。

PartII 進入貧窮 ing

美夢人生！？

這當然也是個築夢的開始……為了像個大人的樣子,我們也想擁有自己的房子,當時是台灣房地產的高點,於是兩人又做了這件「不凡」的投資了!

這是我同學介紹的在基隆……

嗯!月付15.000不錯己!

可以撿貝殼…

(青蚵伯嫂?→)

那可以天天釣魚

好啊!不用租房子了!

還有泳池一健身房…

那等房子蓋好我們就可以搬進去住了!呵呵~

好棒己

於是兩人合資買了生平的第一間房子。

而房子居然一蓋蓋了五年！時間一拉長，很多事情都變了樣，房價開始下滑，家裡的成員也有了變化……

為了省錢，當時的房子就是 say 自己裝潢的。

能擁有自己的房子固然是一件開心的事，
但隨之而來的生活體驗才是一門大學問。

新環境有很多的不適應……

經常一個人在家帶小孩的我，連出門都是個大問題；

無法融入在地生活，一直是生活上的一個陰影。

最讓人煩悶的是交通這個大問題，不管是出門或
回家所耗的時間，真是驚人地令人疲憊不堪。

Orz 錢 我對不起你ㄌㄌ

然而真正讓生活直陷入谷底的是，那年的世紀災難
921 地震的影響……

在全台灣都加入賑災的行動下，所有非民生所需的行業
都直接受到影響，而我們的工作也被迫停擺，說起來也
是某種程度的受災戶吧！

不會吧～
昨天的新
書發表會
都泡湯了

一全面全國
賑災的新聞

say 的拍片工作陸續地取消或無限期延後……

已經第4通了！

一要取消…
就知道了…

最讓我反應不及的是，不懂得理財的我，居然連預留
「家庭預備金」的概念也沒有，早早就把爸媽給的嫁妝
現金全還了銀行房貸。

也因為這樣，一連好幾個月沒工作的我們，
只能靠著微薄的存款過日子‧‧‧‧‧‧

那段時間家裡的經濟情況，
可以說是緊繃到最高點了！

Orz **錢** 我對不起你ㄅㄨㄥ

是逆境？是低潮？

面對茫茫然的未來，
我們真的不知如何是好！

如果說人生只能聽天由命，我喜歡等待奇蹟，
一天午後來自好友的電話⋯⋯

為了搬回台北、為了離大家近一點，為了半夜去誠品，為了
吃芒果冰，我只能硬著頭皮去借錢。就這樣在多方奔走後，
終於湊到了付頭期款的金額，
買下了台北的房子⋯⋯

事情走到這，對我們夫妻來說任何一步都是險棋，當時是經
濟最不景氣的時候，唯一確定的是利率很優惠，買屋比租屋
划算，搬回台北是親友們認為最正確的一件事⋯⋯

Orz 錢 我對不起你ㄅㄟ

但這段放手一搏的冒險之路，並未馬上平坦而順暢，
因為負債累累的關係，捉襟見肘的日子一時還沒解脫～

我也耽心家裡唯一的經濟支柱壓力太大，甚至不敢
告訴他其實我們的存摺一度只剩幾千元而已！

雖然日子過得辛苦，但那種不安定的感覺
在搬回台北後也慢慢地消失了~

（媽媽家）

一望無際的景色...

這真的是台北市ㄟ！

人生真的很奇妙，當年我們為了可看山看海，跑到遙遠且陌生的
地方買房子，最後因為前面的房子蓋更高而失望落空。可是繞了
一大圈，我們居然就在離媽媽家幾里的地方，買到擁有一望無際
山色風光的房子，真的是……老天爺真的沒跟我開玩笑嗎？

PartII 進入貧窮 ing

求職記

天 無絕人之路，為了改善窘迫的日子，我和 say 也決定要加入打工生活。兩人相信只要肯做一定會度過難關的。於是相偕到速食店想找一份兼職的工作！

隔一會兒，面試的主管來了。

見他閉起眼睛做沉思的樣子……

然後他開始支吾其辭地說了一些奇怪的說詞，
剛開始我們還認真的回應……

到後來，我開始懷疑他真的是那間公司的員工嗎？

最後他就突然站了起來，然後就逕自走到他的工作區域，
很故作鎮定地忙碌了起來，丟下錯愕的我們！

事情過後，我們一直不明白那位先生拒絕
我們的真正原因……

而日後幾次在拍到該公司的廣告片時，我都會想起這段往
事，在拍片現場我真有衝動地想，何不找個人來問問……

PartII 進入貧窮 ing

換上癮

一　朝被蛇咬，十年怕草繩，在經過買車事件後，
我對買任何東西都……

如果有問題明天就來換。。

咚…

現在這種怪怪的人越來越多了

精神有問題～

咦？沒有說明書拿去換

不好用.我要退

抹了沒效可以退嗎？

乁～

退

太緊了.退吧！

尺寸不合退！

呵呵.能退的人生才是彩色的…

又要退啊～

PartII 進入貧窮 ing

苦中作樂

聽 說國外有一種節目，我沒有看過這種節目，但卻在自己身上偷偷地演著……

以前大家都對私人資料較無防備，
常常不經意地看到別人的隱私。

藉此得到安慰

原來這世界上帳戶跟我們一樣羞於見人的人很多，
辛苦的日子中，我們也只好苦中作樂一下囉！

PartIII 節約生活 ing

貧窮日記

就如同發生在別人身上的故事一樣，
我們也沒想到會過著這樣的日子……

為了負擔房貸，對於工作不算穩定的我們
真是很沉重，但生活還是要過下去。

首當其衝的當然是一家子的開支，在有限的經濟來源下，不得不省吃儉用啊！

一切就只能從日常生活做起……

開始很仔細的盤算，該買和不該買的東西。

凡事也變得斤斤計較,

凡是要付錢的都不得不精算一下。

因為眈心錢不小心的花掉,
所以天天記帳,深怕有個失誤~

piggy 的生活Live秀

紅筆圈起來的是要注意（表示花太多）……

這樣的日子其實很難捱，
可是又不得不去適應，有幾次的夜晚，我就獨自坐在
書桌前，望著我的家計本，不知不覺地滑下淚來……

而這樣小心翼翼地控管金錢的流向，仍會有意外開支～

那段日子只能說是追著錢跑，不到最後一刻絕不出手！

可能是這樣子的關係，我發現我們變得有點習慣拒絕
別人，因為沒錢這件事，其實是有點難以解釋的……

PartIII 節約生活 ing

心動的感覺

在 那段清寒的日子，很慶幸的是一家人沒餓到肚子，但除此之外生活中的非必要開支，都被我們嚴厲的批為「奢侈品」⋯⋯

一喔一今年流行娃娃裝啊！

一切的品味和時尚也不知不覺地離我遠去~

果然完全不對勁

NeW
春夏6色

→ 醜 頭髮隨便綁

很舊的 T恤

→ 俗‧又太小件（變胖）

→ 完全沒型的褲子

⋯⋯ 市場的塑膠袋

又 被自己糟糕的樣子嚇到

而在奶粉與便當之後，才是我的機會……

這件是我的嗎？

← 鬆垮

← 脫線

該.去整理頭髮了…

白頭髮好多

唉!算了.下個月
有打折再說…
這個月要繳稅呢!

偶爾 39 元的店還能滿足一下購物的慾望，
當然特價牌和三折一身，也是我的靈魂。

通通39元

好喜歡不被注意的感覺…

快挑

SALE   SALE

這個好用.很可愛…

對我們來說，花上千元是大錢了，花大錢當然不得不謹慎。

一個月，也沒幾張千元鈔過日子，要花超過千元，不得不小心．．．．

分袋家計法

在那段日子，有件關於我**買了一支手機**的事

所謂舊手機

沒關係，只要聽得到、打得出去，就可以了！

① 朋友代辦
（古早以前，門号稀少時．．．）

② 老公多買預備．．．
（為了电池而多買的手机）

③ 老公摔到不靈光．．．
（怕摔不到case而換掉）

因為掛著家庭主婦的職稱，我一直都是用舊手機，只要達堪用的水準就可以了，就只是出門聯絡何時到？在哪裡？要不要買？等雜事……所以也稱買菜機！

買菜機一号

買菜機2号

買菜機3号

有一天我在早餐店吃早餐時，看到一支手機的廣告，
頓時覺得驚為天人！（手機廠商請找我做廣告）

因為實在是太喜歡了，腦子裡面居然佔滿了那支
手機的影像！老實說，我有好一陣子沒那種感覺了。

不過回到家仔細盤算後,決定澆息這個慾望~

反正還能用啊!
別浪費了!

以後...肯定會降價

對於要花錢...
我有些耶心

不買也不會怎樣.....

小心,再過奢侈的日子,會永不翻身啊~

但那幾天,我幾乎無時無刻地想著這手機。

你覺得媽咪
買手機好不好?

雞?

終於難逃慾望惡魔，我決定給自己買個「喜歡」的東西。

在等待的過程中，我居然還要用手
按住心跳，因為實在是太興奮了～

····好像戀愛的感覺 ♥

會不會突然
沒貨了····
阿彌陀佛
阿彌陀佛

ooooo

6

5

顫抖 →

真的屬於我的了．

買到手機後，我真的是愛不釋手，幾乎把所有的
讚美都給了她！

好棒！

真的好漂亮

好好用····

鈴聲真好聽

這件事回想起來還真有點誇張，不過當時可能是壓抑太久，有好一段時間沒享受過買喜歡東西的樂趣。所以我到現在還一直非常喜歡那支手機！

流行跟我走

喂…喂…

我是時尚女王

容易滿足這麼可憐

雖然，在一次慌慌張張後失去了她，但我一直沒忘記她帶給我那心動的感覺……

快快快

TAXI

電昨風……

GD 80

ebay有人在賣吧…

PartIII 節約生活 ing

省錢大作戰

為了讓生活上的開銷，能達到有效的控制，我終於也對省錢這件事有了些許的體驗。

主婦的告白

也發現到一個省錢的必勝關鍵！

主婦之密 →

度過這些為難的日子以來

雖然聽起來只是件平凡不過的小事……

就是……

省錢之前一定要知道東西多少錢？

是繞口令嗎？

冷笑話吧！昏

但是如果你不知道東西多少錢，應該說
對物價指數都沒概念的話……

那麼就無法掌控所花費出去的金錢！

以前對花出去的錢，完全沒概念的我，對物價指數沒概念，決定認真來研究，到底什麼是「吃錢」的惡魔？

開始注意錢的動向，所以對於帳單居然也發現到
一些以前不知道的事~

晚上10:00以後
才是離峰用電計費！

快衣剛好.

想不到一瓶礦泉水的錢
可買2424瓶的自來水…

礦泉水 = 2424

水.我一直對不起你！

很快的就會知道家裡面，最大開銷及可以節省的重點~

娛樂　交通　吃的　水.電.　　房貸

啊
嗒~

同時也警覺到隨性的消費，是最容易失去控管的，
為了不隨性的花錢，我是這樣做的……

Ⓐ 皮包內永遠保持1000元上下的現金

只

先借我500元
等一下今天錢給你

一每次都不帶錢

250元

老公～我可是用心良苦啊！

Ⓑ 記下常買物件的單價.只要在外看到更低價
可以馬上出手....

完全不考慮
是怎樣....

wow!
可遇不可求

夜夜用衛生棉

老公,這招我練很久了！

ⓒ 千萬不要以為便宜就買很多

待丟的過期貨

不要.不要....

今日特價頂便宜

2001年?不在

老公～.我可是為你好啊！

最重要的是，在習慣後一切都會變得很自然，對錢的控管也會比較得心應手了……

哈哈哈…… 終於 沒有赤字了！

這場省錢大戰中，執行的是整個家庭，在顧及營養及安全的範圍內，需要動腦筋的機會也很多……我盡力達到各方面的均衡。

也因為這樣，我對的人生的看法，也有了很大的轉折……應該說認真的學習過生活吧！

天天日記帳

PartIII 節約生活 ing

夫妻不同調

有時候走在路上，不知怎麼會跟迎面而來的人，來回幾次都走同樣的方向。

我覺得夫妻的感覺就很像那樣，要走的路同一條，卻要來回調整好幾次～

來自不同的家庭，Say 是成長在一個三餐都由母親料理的家庭，而我家因為媽媽的忙碌，是經常外食的家庭。

來自澎湖海產料理的家族！……

一定要吃

波波是照三餐煮的

早　　　午　　　晚

粥　魚乾　　麵　　豐盛

各類海產料

一定有完整一條魚

所以光是吃的部分，
我們就有很大不同。

好一

一自己去買魯肉飯喔…

早　　　午　　　晚

波羅　　魯肉飯　　炒飯

都會人的三餐……

剛結婚時，我的廚藝不佳～
不！應該說是完全不會！
所以我們也常外食······

對 Say 來說，吃飯以飽足為原則；而對我來說，
天天吃一樣的東西根本是災難。

而共同生活後，發現兩人的分歧更是明顯。

我覺得日子有時還是要有點變化……

最讓我們有不同意見的事是……

確實有一身好手藝

賢明主婦
覺得時間就是金錢

只要他自己能做的話，決不假他人之手。

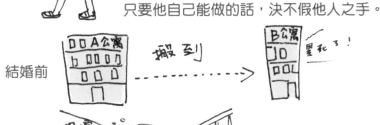

結婚前

DDA公寓 搬到 B公寓 罢乖了！

我不…想嫁給你了！

好啦！下次請人家搬

結婚後

等待當工人的日子來了！

一切交給我！

那就是沒有完工的日子了！

廁所可以先裝燈嗎？

忍耐一下孩子！

敲 碰

總是堅持自己住的房子要自己裝潢的他，
固執得讓人生氣！

我很感謝他為家裡付出的一切，但同時也很氣他，
無形中犧牲掉很多的健康、時間。

夫妻不同調

雖然省錢是我們共同的目標，但是我是一個
效率主義的人，更不能忍受因小失大的事情……

但沒辦法囉！夫妻就是這樣啊！

PartIII 節約生活 ing

貧窮的味道

我 常在想，人的感官有很多我們不瞭解的深奧，有時候是直覺，但有時候可能是一種「味道」。

快入秋的一天，我和朋友約在忠孝東路，要回家時……

這位阿姊是幼時阿嬤家的鄰居～

不免開錢…
可以用很久!
卡省啦!

突然轉身,跑進巷子
而且馬上消失在人群中!

不知如何處理的面紙,我一整袋帶回家,
在公車上我一直在想這事。阿姊怎對我說
「卡省啦」是嗅到了我身上 -- 貧窮的味道嗎?

你也想太多了吧

一不要小看站在街頭上
的那些人……
他能一眼看穿所有人…

PartIV 學習愛錢 ing

老師說，
我真的沒在聽

老師說，我真的沒在聽

該是在存摺有一點進展的時候‥‥‥

心裡面一直有想賺錢的念頭，所以想應該可以拿錢去賺錢才對！

想賺錢的慾望已蓋過一切，我決定去做！

其實我的姊姊們都在銀行上班，
媽媽也買股票，但我不敢問她們……

老師說，我真的沒在聽

回家後，我馬上用網路買了兩張股票。

然後我在隔天一早就起床，看我買的股票進展。

就這樣約一個月以來，我居然也賺進
好幾千元，原來……股票如此誘人啊！

我像賣火柴的女孩，興高采烈地幻想著～

老師說，我真的沒在聽

人說好景不常，果然真是這樣，
那應該是我對股票的唯一心得……

股票一蹶不振了好一陣子。

到後來，連續幾個月的停滯，但開支還是存在……

因為撐不住了，最後只好忍痛賣掉。

忍痛賣了吧!!

嗚…嗚…嗚 不但沒賺到，算一算還賠錢ㄌㄟ！

賢明主婦

別想啦… 當經驗吧！

但我不甘心，絕不就此罷休，跌倒了要站起來不是嗎？

生性膽小的我來是…

鋌而走險

只許成功，不許失敗

老師說，我真的沒在聽

一心想翻盤的我，決定再冒一次險，從失敗中站起來。

過兩天就把它賣了……

而天不從人願，才不到幾天……

911

天呀！我的明天……

911 的事件 -- 全球的股市大災難。

同樣資本不足的我，在撐不了多久後，
黯然退出了股市……

不……玩了

這件是我學會了，真的是人算不如天算啊！

在…說我嗎？

做人要腳踏實地
不要投機取巧……

PartIV 學習愛錢 ing

天天日記帳

我 原本是會偷偷取笑在記帳的人，

不過和他相處一陣子後，發現他
真的是很優秀的實踐者！

piggy 的生活Live秀

例如：

他雖然在存錢，但還是會照著自己的預算來打理自己；

接近月底時，他就安分地吃便當，來減少開銷；

最重要的是，絕對落實他的存款計畫。

有一次，他很慌慌張張地跑進公司~

唉~我果然是個不在意錢的人。

幾年後我遇見舊同事，知道他果然去了法國。

當然我們沒有再連絡過了⋯⋯
不過就在我的金錢出現窘境時，我真的想起了他⋯⋯

當初偷笑別人的我，如今可是靠著日記帳來掌控一切，
日子過得辛苦，不過天天日記帳也帶來一些些樂趣！

有時候也會影響著心情的起伏……

也有不知道該如何記錄的帳目～

（根本是自尊自演，沒人會查帳啊！）

總之，記日記帳就是要持之以恆，才會有效果！

很喜歡看日文雜誌的我，從當年的服裝雜誌，已改看了主婦雜誌，無意中發現日本人真是個太愛解決問題的民族！

雜誌內有各式各樣的記帳方式，還有各種學習管帳的方法。

年終時我發現當期雜誌有隨書附贈一本日本帳本，好奇買了下來，想不到居然有這樣淋漓盡致的記帳本！

不僅是每天記，早、午、晚都要記；

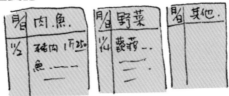

	朝	昼	夕	おやつ
mon 6	美兒美 89.	便當80	會肉飯... 魚...	
tue 7				

週週還要記；

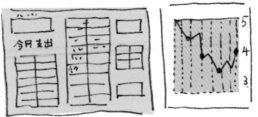

還有月報表和曲線圖；

日記帳可以做到如此，真了不起！

oh.my God

也許日本人會覺得這樣做才夠徹底，但……

緊張感

不過我覺得……
那種方式對我來說
太全了.
可能….反而做不到！

其實掌握些原則
每個人都可以找
到合適的日記帳啦

逃避了~

這是我的天天日記帳，天天都記，持續中……

收據保留完整版
才可以退東西
哈哈！

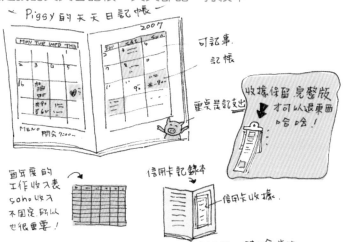

~ Pigsy 的天天日記帳 ~

可記事.
記帳

重點是記出

每年度的
工作收入表
soho 收入
不固定.所以
也很重要！

信用卡記錄本

信用卡收據.

信用卡都用感熱紙.一陣子会消失….
要用手記下來.不怕刷超過！

PartIV 學習愛錢 ing

卡奴身邊過

不經一事，不長一智～

是一件讓我們夫妻倆，很難忘記的一件事，那時因為還處在「常常修車」的階段，身上的錢經常入不敷出……

初初步入soho族

夢幻預售屋

心愛Mini

房租

基本開支

印象中，錢幾乎沒在我們身邊逗留太久過。

奇怪，我怎麼一天到晚在繳錢？

Bank

早

今天這麼早？

（繳錢女王）

而 soho 族支領的工作費用，大部分都是用支票
支付的，也就是說我們無法掌控收入的時間！

沒良心的人很多……

－他們都不缺錢
不用買米q嗎？

這真的是不公平的一件事
在期限內完成工作……
卻不能在期限完成領到錢

總之，理想的理財規劃，就是要有一筆「周轉金」
備用，在當時缺錢的我們，偏偏就是 **沒有**。

唉！
原來結了婚
會變這麼慘

我的錢還不都
拿來繳錢了！

還記得那是一個雨天的下午，

不知道是因為著急還是害怕，看著窗外漸大的雨，
我居然就無助的哭起來了~

這算是急中生智嗎？ 也不知哪來的靈光，我突然
想起收到過這樣的訊息。（當時還未有現金卡）

我興奮地衝下車，跑到路邊的電話亭打了信用卡
背後的服務專線。（完全是廣告片的劇情……）

根據信用卡小姐的指示，一大早就到發卡的銀行去借錢……
拿到現金時我心裡覺得好感動，隨即趕快去繳了該繳的錢。

那時候是沒有卡奴這種形容詞。

過了一星期，我們很開心地把錢還給了銀行。

到了月底在帳單上，看到那筆借款的手續費是 150 元，
而利息則是 30 天免息的優惠後，大大地鬆了一口氣，
沒跟銀行借過錢的我們根本是心驚膽跳地過著那幾天，
深怕社會新聞的事件會演到我們身上來。

還好我們的用途單純，借款事件很快地落幕了，
想到這件事，我還是倒抽一口氣，真的還好～

PartIV 學習愛錢 ing

幸福的方向

㊀一算在這漫漫的人生中，我和 Say 也經歷了不少挫敗，大多是集中在金錢上的損失……但人生有幾個再來一次呢？我們徬徨失措的面對每次風浪……漂流的心情如同塗灰的月……

曾沮喪得痛哭失聲，

不過終究兩人還是走過來了……

除了要搬回台北那次，因為真的無計可施，
讓家人知道了我們的狀況……

不知情的朋友，也可能會以為我們過得還不錯……

該有的我們也不會失禮！在很節省的日子，盡量別讓人看到我們的為難。

而一直到今天，錢仍然是我們在意的環節，雖然它不是幸福的唯一。

辛苦的日子，我體會到持家的為難，也了解爸媽辛苦的一面……

而夢想和現實就像人生的課題，一直在我們的生活中複習～

為了揮別債務的壓力，幾年來的努力
也讓我們學習到更多的人生經驗~

最後要說的是，在這社會上，大部分的人都是
過著不同層次的生活，當然我們彼此的故事，
一定是大大的不相同，但如果你也正為某些困
擾的事情，而辛苦的生活著……

記得在看完這本書之後，請為自己的努力說聲「加油」！

Orz 錢 我對不起你 ㄅㄅ

 後記  Orz錢 我對不起你

終於完成這本書了. 心裡面出現的, 只有鬆了一口氣的聲音!
記得在畫其中的後篇時, 因為回想著當時的心境, 心情
難過的居然一邊哭一邊畫呢! 哈!

← 還一面笑

落入貧窮的漩渦, 是自己始料未及
的人生過程. 最難的是不論在父母
或親友的面前, 都要表現的若無其事的樣子. 心酸
的事, 只能往肚子裡面吞. 而在那時候, 我也才真的體會,
原來人的適應力, 並沒有自己想像中的好, 以為自己可以
去過另一種不一樣的生活, 當遇到了時, 才知道其實都是
那麼的困難.

123456789000。

然而這些過往,也讓我真正的學習到,如何在自己的錯誤
中尋找正確的方向,了解自己要的是什麼!雖然是極
不順利的一段日子,但卻也帶給我很不一樣的人生體驗。
看著自己畫的<u>點點滴滴</u>,心裡面想到的是,來不及
放進去的還有好多好多。有機會一定會再跟大家分享,
也希望大家看了這本書,對事情的看法會有另一面的角度。
讓日子過的順心 easy!

→凡事想得開.
心寬體胖.啦~

Piggy 2008.1.28

原來大家都 ● ● ● ● ● ● ●

一樣沒錢啊！

The End

國家圖書館出版品預行編目資料

錢、我對不起你 / Piggy 圖·文
第一版 台中市：十力文化 2008.2
160 面；18.5 公分
ISBN 978-986-83001-8-7（平裝）
855   97001312

Orz 錢我對不起你

作　　　者　Piggy

責任編輯　郭婉玲
美術設計　第 13 號小行星
行銷企劃　黃信榮

印　　　刷　通南彩色印刷有限公司
地　　　址　台北縣中和市中山路二段 359 巷 3 號
電　　　話　(02) 2221-3532

發 行 人　劉叔宙
出 版 者　十力文化出版有限公司
地　　　址　台中市南屯區文心路一段 186 號 4 樓之 2
電　　　話　(04) 2376-6788
統一編號　28164046
網　　　址　www.omnibooks.com.tw
電子郵件　omnibooks.co@gmail.com

書　　　名　錢、我對不起你
出版日期　2008 年 3 月 1 日
版　　　次　第一版第一刷
I S B N　978-986-83001-8-7
書　　　號　C801
定　　　價　220